Menaces dans la nuit

W0276754

Mini Syros Polar

Couverture illustrée
par Antonin Louchard

ISBN : 978-2-74-850548-1
© 2007, Éditions SYROS, Sejer,
25, avenue Pierre-de-Coubertin, 75013 Paris

Menaces dans la nuit

Marc Villard

MiNi
SYROS

Ricky effectua un dernier roulement de batterie sur l'instrument pailleté qui trônait au centre de la salle de cours. Son professeur vint lui taper sur l'épaule et l'enfant rangea ses partitions et ses baguettes personnelles. La semaine suivante il commencerait à répéter les triolets, une figure plus compliquée, mais il aimait la difficulté.

La rue des Petites-Écuries était bondée, comme d'habitude, et le garçon croisa une dizaine d'aboyeurs pour salons de coiffure. Des coiffures afro, bien sûr. Il dévala les marches du métro.

Arrivé à Étienne-Marcel, il se laissa porter vers le haut de la rue Montorgueil qui, à dix-sept heures ce lundi, résonnait des annonces des vendeurs du *Palais du Fruit* et des hululements du poissonnier. Les parents de Ricky, peu enclins à vieillir à Paris, avaient laissé leurs trois enfants se réunir dans leur appartement du quartier piétonnier. Georges, l'aîné, suivait des études d'ingénieur, Sophie rentrait en fac et Ricky, onze ans, vivotait en sixième.

Leur appartement était situé pour moitié sur rue, mais Ricky avait choisi la chambre sur cour pour plus de tranquillité.

À vingt heures trente, ils s'installèrent dans la salle à manger et Sophie raconta avec humour ses soucis de transport, car elle persistait à gagner la fac à bicyclette. Elle était militante écologiste. Georges évoluait entre la cuisine et la table du séjour pendant que Ricky – très doué pour confectionner des desserts – mettait la dernière main à une charlotte aux poires. Sophie apostropha ses frères :

– Vous avez pensé à l'anniversaire de papa ?

– Je n'ai pensé qu'à ça, répondit Georges. Je suis parti avec l'idée d'un rasoir électrique, mais je n'ai trouvé que des rasoirs hyper-compliqués. Rien qu'il aimerait. Ça m'a pris deux heures à ramper dans les grands magasins.

– Et toi, Ricky ?

– J'ai mis cinq euros de côté, mais je n'ai pas d'idée.

– Eh bien, moi, j'ai dégotté une magnifique paire de gants !

Les deux frères approuvèrent, bien contents de ne plus avoir à se soucier du cadeau.

À vingt-deux heures, Ricky se glissa dans son lit appuyé contre le mur séparant leur appartement de celui des voisins. Peu après, il fut tiré de son premier sommeil par une voix masculine perçant le panneau de séparation.

La voix grondait, puis un choc sourd fit trembler l'appartement. L'enfant colla son oreille à la cloison et décrypta :

– Faut bien en finir ! Quinze ans à supporter ta bêtise, c'est trop pour moi.

Ricky recula, estomaqué. Il vit en pensée la femme blonde qui occupait les lieux, menacée et, à coup sûr, en danger. Il posa à nouveau son visage contre le mur mais le silence régnait, seulement brisé par une radio qui fonctionnait en sourdine.

Troublé, il resta un long moment dans le noir, les yeux grands ouverts, dans l'attente d'une suite à ce début de feuilleton.

Puis il s'endormit.

Le lendemain matin, attablé dans la cuisine, il prit la décision de raconter sa soirée à Roger Valetti, son professeur de batterie. Il avait besoin de se confier à un adulte. Il avala ses céréales et les fit glisser avec un bol de chocolat.

Puis, sac de classe sur le dos, il se hâta vers son collège, niché à l'angle d'une petite rue à deux pas de la place des Victoires.

En sortant du gymnase, le cours de sport terminé, Ricky sauta dans le métro et, dix minutes plus tard, poussa la porte de l'école de batterie de Roger Valetti. Celui-ci arborait une chemise à fleurs et il était juché sur une paire de santiags. Il salua ses trois élèves qui quittaient les lieux et se rapprocha de Ricky.

– C'est pas ton jour de cours...

– Non, Roger, je viens pour autre chose.

Puis l'enfant raconta sa soirée comme on se libère d'un gros poids. Le batteur moustachu posa ses fesses sur un tabouret pivotant et entreprit de calmer son élève.

– Ce sont des mots, Ricky ! Quand les couples sont fatigués, le soir, les mots dépassent leurs pensées. Ce n'est pas inquiétant.

– Quand même... En plus, cette femme ne sort jamais de chez elle, c'est bizarre.

– C'est pas parce qu'une femme sort rarement qu'elle est bizarre. Arrête de te focaliser là-dessus. Je t'attends demain pour les triolets.

– D'accord, Roger.

Puis Ricky, rassuré, regagna son quartier.

Les feuilles mortes voletaient autour de lui. Le mois d'octobre se terminait, il fallait profiter des derniers rayons de soleil.

À vingt et une heures, après avoir dîné, Ricky descendit vider sa poubelle dans le conteneur vert.

Il prit l'escalier car les ascenseurs lui fichaient la trouille. Au premier étage, il croisa son voisin qui répondit à son salut d'un hochement de tête. Ricky cessa de respirer, mais l'homme, de petite taille et musclé, continua de gravir les degrés sans plus s'occuper de lui. Le gamin souleva le couvercle du premier conteneur et manqua hurler de peur : un chat mort grimaçait vers lui. Le gosse se figea. Puis il déposa son sac bleu dans la poubelle voisine.

Revenu à l'appartement, il embrassa son frère, sa sœur, et s'enferma dans sa chambre. Il plaqua son oreille au mur. Par-dessus un vieux morceau de jazz, la voix gronda dans la pièce attenante :

– Ça finira mal pour toi, tu comprends ?

Après le chat, l'homme s'attaquerait aux humains. Brutalement, il eut froid, tira sur lui sa couverture, se boucha les oreilles avec des boules Quiès et plongea dans un sommeil peuplé de greffiers miauleurs.

Le lendemain était un mercredi. Ricky fit semblant de dormir et laissa Sophie et Georges gagner leurs écoles respectives.

Il se leva vivement, exécuta quelques exercices de gymnastique et avala son chocolat. Puis il se campa à la fenêtre donnant sur la rue. À huit heures trente, son voisin se présenta à la sortie de l'immeuble.

Ricky prit ses clés, dévala l'escalier et entreprit de filer l'homme qui se hâtait vers la station de métro Étienne-Marcel.

Ils grimpèrent dans le même wagon, puis empruntèrent une correspondance à Marcadet. L'homme descendit à La Villette, Ricky sur ses talons. D'un pas tranquille, le voisin, dont le cou disparaissait dans un col roulé, pénétra dans les abattoirs.

Un tueur ?

Ricky, loin de chez lui et dérouté par ce quartier inconnu, déchiffrait les visages des passants.

L'enfant hésita à rentrer, des images sanglantes lui chatouillant l'esprit. Il prit le parti de revenir à l'heure du repas et se dirigea à nouveau vers le métro, direction Pigalle. Arrivé sur place, il prit la rue Victor-Massé et se campa devant les boutiques d'instruments de musique proposant des batteries de toutes formes et toutes couleurs. Il se décida pour une paire de baguettes et, ayant fait affaire, reprit le chemin du métro. À midi, il s'approcha de la sortie des abattoirs. Trois hommes, vêtus de blouses blanches souillées de sang frais, sortirent des lieux en riant et plaisantant à haute voix. L'un des trois était bien le voisin de Ricky.

Il les suivit à l'intérieur du restaurant *La bonne boucherie* et contempla, effaré, son voisin qui discourait devant sa saucisse de Morteau aux lentilles. Il crut même percevoir le mot « chat » dans la conversation.

En frissonnant, Ricky gagna la rue. Il en savait assez maintenant. Une fois rentré à Montorgueil, il se confectionna un sandwich jambon-fromage et plongea dans ses devoirs. Mais il ne parvint pas à oublier le chat mort et la voix menaçante du voisin.

À seize heures, il partit d'un bon pas vers la rue des Petites-Écuries. Roger Valetti terminait son cours.

– Ça va, Ricky ? Et ton voisin ? Ne me dis pas que tu mènes une enquête à la Sherlock Holmes !

– Si, justement. Je l'ai suivi aujourd'hui et vous ne devinerez jamais son métier...

– Seigneur, je ne sais pas, moi ! Libraire ?

– Tueur.

– Comment ça, tueur ?

– Tueur aux abattoirs de La Villette. Il porte une blouse blanche pleine de sang. Il voit la mort en permanence.

– Ça ne fait pas de lui un tueur. Enfin, un tueur de personnes, je veux dire. Viens, je te paie un Coca.

L'homme et l'enfant s'attablèrent dans un café du boulevard et, en plus des

Coca, commandèrent deux parts de tarte aux myrtilles.

– Alors, tu poursuis ton enquête dans quelle direction ?

– J'envisage d'enregistrer la voix, ça me fera une preuve s'il tue sa femme.

– Très bonne idée ! s'esclaffa Roger.

Puis ils regagnèrent la salle de cours et Ricky s'installa derrière ses tambours.

À la nuit tombée, en parvenant devant son immeuble, Ricky leva les yeux vers les fenêtres des voisins. Les rideaux étaient tirés, une lumière souffreteuse persistait derrière le velours verdâtre puis elle s'éteignit. Le gamin haussa les épaules et pénétra dans le bâtiment.

Cet après-midi-là, Ricky errait au forum des Halles, en cachette de Sophie qui appréciait peu cet espace bondé, musardant face aux vitrines du sous-sol, comptant ses sous en lorgnant du coin de l'œil les baskets rouges qu'il convoitait depuis deux mois. Puis il gagna la place Carrée, fendit la foule, dépassa le hublot de la piscine

Berlioux et rêvassa un moment devant les nombreux films annoncés au fronton du Ciné Cité.

Enfin, il prit l'escalator pour gagner la sortie Saint-Eustache. Son regard balaya la foule qui descendait et, soudain, il la vit.

La femme du tueur se laissait porter par l'escalator descendant. Ses cheveux blonds tombaient sur ses épaules et ses yeux étaient abrités par des lunettes de soleil. Pour dissimuler des traces de coups ?

Ricky se pencha.

– Madame, hé, madame !

Mais un groupe de rappeurs déversait

des décibels à profusion et l'appel de Ricky ne fut pas entendu.

L'enfant, parvenu au sommet de l'escalier, reprit l'escalator descendant et aperçut la femme qui pénétrait dans le Ciné Cité. Il se précipita aux caisses mais elle était déjà rentrée. Il posa le prix d'une place devant la caissière et annonça un titre de film au hasard.

Vivement, il pointa son nez à l'entrée des salles : toutes étaient plongées dans le noir. Retrouver sa voisine équivalait à chercher une aiguille dans une botte de foin. Il haussa les épaules puis contempla son ticket qui lui donnait droit de visionner *La marche de l'empereur*, un documentaire sur les pingouins. En râlant et refoulant sa déception, il gagna une place au troisième rang de la salle et se laissa porter par les aventures glaciaires.

Le jeudi suivant à dix-sept heures, il se rendit à l'anniversaire de sa filleule, Lisa, dont on fêtait les deux ans sur une terrasse près du Rex. Il s'agissait aussi de profiter de la douceur d'octobre avant la rigueur hivernale. Ricky offrit à la petite son cadeau : un lapin blanc en peluche et, à la demande des parents de Lisa, trempa ses lèvres dans une coupe de champagne. Il oublia sa voisine, le tueur d'abattoir, la voix menaçante et le drame qui se jouait derrière la cloison.

À dix-neuf heures, Sophie passa le chercher, et frère et sœur gagnèrent à pied leur bâtiment envahi alentour par les travailleurs, pressés de faire leurs commissions avant la fermeture des commerces.

Une agitation inhabituelle régnait devant l'immeuble, les locataires parlaient à voix basse, trois policiers en uniforme surveillaient l'entrée, dissimulant un corps tassé sous une couverture au pied de l'escalier. Le gardien, flanqué de deux copropriétaires, discutait au-dessus du corps.

Une ambulance se gara devant le portail en faisant taire sa sirène. Ricky prit peur en s'avançant vers le corps dissimulé. Il parvint près du groupe au moment où un infirmier soulevait la couverture. Hébété, il ne put quitter du regard le visage de son voisin le tueur.

– Mais... c'est le tueur !

Le gardien du bâtiment se pencha vers l'enfant.

– Ah, c'est vous, les jeunes ! Vous le connaissiez, c'était votre voisin de palier.

– Oui, oui. Qu'est-ce qu'il lui est arrivé ? s'inquiéta Sophie.

À la demande de celle-ci, le gardien éloigna l'enfant du corps.

– On pense qu'il descendait l'escalier et qu'il a dû trébucher sur le palier du premier étage. Sa tête a porté sur une des dernières marches, vous savez, celles en pierre, et l'hémorragie cérébrale ça ne pardonne pas. C'est assez incroyable car ce type était costaud.

– Et le médecin ? demanda Ricky.

– Celui de l'immeuble mitoyen a examiné le corps, mais il ne sait pas trop. Il s'occupe de madame Lambert qui s'est trouvée mal car elle descendait derrière lui.

– C'est son épouse ? questionna Sophie.

– Oui. Leur nom, c'est Lambert, vous ne saviez pas ça ?

– Non, non, on se connaissait à peine, regretta la jeune fille.

Mille pensées assaillirent Ricky, mais il dut s'avouer, honteusement, être soulagé par cette mort inattendue. Au moins, sa voisine n'avait plus rien à craindre. Le destin n'avait pas suivi son cours, la vie était ainsi faite.

Sophie le tira sur le côté et ils remontèrent dans leur appartement pendant que les ambulanciers chargeaient monsieur Lambert dans leur véhicule.

Ils dînèrent en silence, impressionnés par cette mort brutale. Ricky visionna un épisode de son feuilleton favori puis il gagna son lit. Il se retourna de nombreuses fois sous ses draps pour s'endormir et, comme il glissait dans le sommeil, perçut la radio qui diffusait une musique étouffée chez sa voisine.

Le lendemain après-midi, un faire-part de décès fut affiché sur la porte de l'immeuble. Il annonçait les obsèques de Pierre Lambert le samedi matin à neuf heures trente, à l'église Sainte-Élisabeth.

Ricky nota tout cela mentalement et gagna son cours de batterie chez Roger. Ils étaient trois, dont deux jeunes filles.

La première arborait une crête verte sur la tête et l'autre supportait deux anneaux fichés dans sa narine droite. Quand vint la fin du cours, Ricky se rapprocha du professeur.

– Roger, j'ai une mauvaise nouvelle...

– Ne me dis pas que la femme est décédée !

– Non. C'est son mari, le tueur, qui a fait une mauvaise chute dans l'escalier. Il est mort.

– Mourir dans un escalier, quand même, on a du mal à le croire ! Tu vois, tu t'inquiétais sans raison. Maintenant, tu es rassuré.

– Je m'en veux un peu de l'avoir accusé.

– Te bile pas et pense à autre chose. Si tu veux, je t'offre un second cours gratuit dans trente minutes.

– Super !

Le samedi vint bien vite et Ricky avait maintenant hâte d'en finir. Il avait décidé d'assister à la messe puis à l'enterrement au cimetière. Il revêtit des vêtements sombres et se faufila en douce hors de l'immeuble. Georges et Sophie dormaient tard le samedi. Puis il se dirigea vers l'église Sainte-Élisabeth.

Une quinzaine de personnes patientaient sur le parvis et on l'informa que la veuve était déjà dans les lieux. Le gardien de l'immeuble prit place à ses côtés sur le banc de bois patiné. Le regard de Ricky se tournait régulièrement vers le visage de madame Lambert, masqué par un voile noir, mais il n'avait plus rien à lui dire aujourd'hui et il se concentra sur les homélies.

Un cortège se forma et ils gagnèrent, à la suite du corbillard, le cimetière situé à quelques pas. Ricky traînait des pieds en fin de cortège.

La veuve se tenait bien droite au-dessus de la fosse, ses épaules solides se découpant sur le ciel bleu d'automne. Sous le voile, son visage fermé était penché avec élégance. Un à un, parents et amis jetèrent sur le cercueil une rose blanche distribuée par l'assistant du croque-mort. Puis chacun se pencha vers elle pour lui présenter les condoléances d'usage. Ricky ne sut trop quoi dire.

– Ricky Miller, madame, toutes mes condoléances, dit-il en rougissant.

– Je vous remercie mais... on ne se connaît pas !

L'enfant se statufia.

Cette voix... Cette voix était celle qu'il percevait de l'autre côté du mur. Râpeuse, dure, qui prévenait qu'il fallait en finir.

– Vous ne vous sentez pas bien, mon garçon ?

– Heu, si, si. Je suis votre voisin de palier.

Comprenait-elle à mi-mot ? Elle sourit amèrement puis pivota vers le gardien de l'immeuble.

Ricky s'éloigna, le pas vacillant. Il se retourna néanmoins et le regard inquisiteur de la veuve le frappa de plein fouet.

Si c'était sa voix à elle, son mari était-il mort accidentellement dans l'escalier ?

Ricky frissonna de peur.

La tête en feu, il regagna le quartier Montorgueil et avala quatre à quatre l'escalier du bâtiment. Sophie terminait un devoir sur son ordinateur. Il se campa à ses côtés.

– Dis donc, tu voudrais pas échanger ta chambre avec la mienne ?

– Et pourquoi ça ? s'étonna la jeune fille.

Il prit une chaise en soupirant.

– Je vais t'expliquer.

L'auteur

Né en 1947 à Versailles. Enfance banlieusarde. Passions : football, rock'n'roll, peinture.
Diplômé de l'école Estienne. Écrit d'abord de la poésie pendant dix ans. Passe au polar en 1979 avec un roman écrit à quatre mains avec Degliame, *Légitime démence* (Sanguine), et un recueil de nouvelles, *Nés pour perdre* (Repères).
Scénariste des films *Neige*, de Juliet Berto, et *Taggers*, de Cyril Collard.
Vit à Paris, marié, trois enfants.

En polar adulte, Marc Villard est notamment l'auteur de *Cauchemars climatisés* (illustrations de Romain Slocombe, Futuropolis), *Rouge est ma couleur* (illustrations de Chauzy, Casterman) et *Chroniques ferroviaires* (illustrations de Miles Hyman, Futuropolis).

Du même auteur

Les Doigts rouges, Syros, coll. « Mini Syros Polar », 1987, réédité en 2007.

« Chariot dans la neige », in ***Hammett Détective***, sous la direction de Natalie Beunat, Hors-série « Rat noir », 2015.

Dans la collection « Mini Syros Polar »

Qui a cassé le miroir du Roi-Soleil ?
Claudine Aubrun

Qui a volé la main de Charles Perrault ?
Claudine Aubrun

Qui veut débarbouiller Picasso ?
Claudine Aubrun

Qui a fouillé chez les Wisigoths ?
Claudine Aubrun

Qui a volé l'assiette de François Ier ?
Claudine Aubrun

Qui a démonté la tour Eiffel ?
Claudine Aubrun

Avec de l'ail et du beurre
Claire Cantais

Crime caramels
Jean-Loup Craipeau

Le Chat de Tigali
Didier Daeninckx
(Sélection de l'Éducation nationale)

Cœur de pierre
Philippe Dorin

L'assassin habite à côté
Florence Dutruc-Rosset

Aubagne la galère
Hector Hugo

On a volé le Nkoro-Nkoro
Thierry Jonquet

Pas de pitié pour les poupées B.
Thierry Lenain

Armand dur à cuire !
Olivier Mau

Armand et le commissaire Magret
Olivier Mau

Armand chez les Passimpas
Olivier Mau

J'ai tué mon prof !
Patrick Mosconi

Aller chercher Mehdi à 14 heures
Jean-Hugues Oppel

Chacun voit Mehdi à sa porte
Jean-Hugues Oppel

Le Démon de Mehdi
Jean-Hugues Oppel

Trois fêlés et un pendu
Jean-Hugues Oppel

Qui a tué Minou-Bonbon ?
Joseph Périgot
(Sélection
de l'Éducation nationale)

On a volé mon vélo !
Éric Simard

Pas de whisky pour Méphisto
Paul Thiès
(Sélection
de l'Éducation nationale)

Les Doigts rouges
Marc Villard
(Sur la précédente liste
du ministère
de l'Éducation nationale)

Menaces dans la nuit
Marc Villard

Loi n° 49-956 du 16 juillet 1949
sur les publications destinées à la jeunesse,
modifiée par la loi n° 2011-525 du 17 mai 2011.

Mise en pages : DV Arts Graphiques à La Rochelle.
N° d'éditeur : 10260941 – Dépôt légal : septembre 2013
Achevé d'imprimer en décembre 2019
par Clerc (18200, Saint-Amand-Montrond, France).

IMPRIM'VERT

FSC
www.fsc.org
MIXTE
Papier issu de
sources responsables
FSC® C022030